AF363863

Vente du Samedi 12 Janvier 1878

HOTEL DROUOT, SALLE N° 6

A DEUX HEURES

OBJETS D'ART

ET DE

CURIOSITÉ

ANCIENNES PORCELAINES DE SAXE

MINIATURES, GOUACHES

TABLEAUX

EXPOSITION PUBLIQUE

Le Vendredi 11 Janvier 1878, de deux heures à cinq heures.

M° ESCRIBE

COMMISS^{re}-PRISEUR

Rue de Hanovre, n° 6

M. CH. GEORGE

EXPERT

Rue Laffitte, n° 12

PARIS — 1878

Vᵉ RENOU, MAULDE et COCK

IMPRIMEURS DE LA COMPAGNIE DES COMMISSAIRES-PRISEURS

Rue de Rivoli, 144

CATALOGUE

DES

OBJETS D'ART

ET DE

CURIOSITÉ

ANCIENNES PORCELAINES DE SAXE

GROUPES, FIGURINES, TASSES, ETC.

MINIATURES, GOUACHES

Montres anciennes, Argenterie, Objets de vitrine, Meubles
Bronzes, Tapisseries, etc.

TABLEAUX ANCIENS ET MODERNES

DESSINS, CADRES

Dont la vente aura lieu

HOTEL DROUOT, SALLE N° 6

Le Samedi 12 Janvier 1878

A DEUX HEURES

Par le ministère de **M⁃ ESCRIBE**, Commissaire-Priseur,
rue de Hanovre, 6,
Assisté de **M. Ch. GEORGE**, Expert, rue Laffitte, 12.

EXPOSITION PUBLIQUE

Le Vendredi 11 Janvier 1878, de deux heures à cinq heures.

PARIS — 1878

CONDITIONS DE LA VENTE

—

La vente sera faite au comptant.

Les Acquéreurs paieront CINQ POUR CENT, en sus des enchères, applicables aux frais.

~~~~~~~~

L'Exposition mettant le Public à même de se rendre compte de l'état et de la nature des Objets mis en vente, aucune réclamation ne sera admise une fois l'adjudication prononcée.
~~~~~~~~

DÉSIGNATION

ANCIENNES PORCELAINES DE SAXE

1 — Groupe. — Léda.

2 — Groupe. Pomone.

3 — Groupe allégorique de trois figurines d'enfants,
avec attributs des Sciences.

4 — Groupe. Orphée et Eurydice.

5 — Groupe. La Nourrice.

6 — Nymphe portant l'Amour.

7 — La Joueuse de guitare.

8 — Figurine. L'Aurore.

9 — Figurine. La Justice.

10 — La Marchande de mercerie.

11 — Figure de Reine, auprès d'une pyramide.

12 — Deux Figurines (Danseurs).

13 — Bacchus et un Socle.

14 — Bacchus.

15 — Berger portant une corbeille.

16 — Deux Figurines (la Chasse et la Pêche).

17 — L'Amour travesti. Deux figurines.

18 — Même sujet. Quatre figurines.

19 — Une Théière, un Pot à crème, six Tasses et six Soucoupes; décor à sujets chinois finement peints dans des encadrements rocaille rouge et or.

20 — Une Théière, une Boîte à thé et un Sucrier; décor analogue.

21 — Un Plateau (Porte-Tasses) avec Sucrier au centre ayant la forme d'une rose.

22 — Quatre petites Pièces en porcelaine gaufrée, avec médaillons à fleurs : deux Cafetières, une Chocolatière et une Poudrière à sucre.

23 — Une Théière, à couvercle et plateau ornés d'insectes et papillons peints et de fleurettes en relief.

24 — Sept Tasses et sept Soucqupes, de forme et décors variés.

25 — Sept Pièces : Tasses, Pot à crème, Soucoupes, variés de décor.

26 — Deux Couteaux, avec manches en vieux Saxe.

27 — Trois Manches en Saxe.

28 — Enlèvement d'Europe. Groupe en Saxe moderne.

29 — Pendule rocaille et deux Flambeaux à deux lumières, supportés par des figurines.

30 — Deux Vases à médaillons peints et encadrements rouge et or.

30 *bis* — Groupe (l'Europe) en Saxe moderne.

30 — La petite Laitière.

31 *bis* — Plat en faïence, décoré par Benoist (Vue d'un Château).

MINIATURES

ARGENTERIE, MONTRES, OBJETS DE VITRINE, MEUBLES
TAPISSERIES

32 — Collection de douze Miniatures : Portraits des Favorites des rois de France, de Charles VII à Louis XIV.

33 — Intérieur Louis XV. Petite gouache.

34 — Belle Gouache. Vue d'un parc animé de nombreuses figures, dames et seigneurs en costumes Louis XV.

35 — Miniature (Portrait de femme, tenant un éventail),
époque Louis XV.

36 — Petit Émail (Portrait de Louis XIV).

37 — Portrait de femme, époque Louis XIV (Porcelaine).

38 — Médaillon orné de deux miniatures, de l'époque
Louis XV.

39 — Frédéric-le-Grand. Petite peinture sur tôle.

40 — Portrait d'homme en habit rouge, époque Louis XV.

41 — Portrait de femme, époque Louis XV.

42 — Portrait de femme, époque Louis XVI, dans la
manière de Hall.

43 — Diane endormie. Miniature attribuée à Charlier.

44 — Jeune Femme à la colombe, miniature attribuée à
Rosalba.

45 — Jeune Femme avec un voile noir.

46 — Jeune Femme. Miniature dans le goût de Baudoin.

47 — Jeune Fille avec fleurs dans les cheveux.

48 — Paysage et Architecture. Petite gouache de forme
ronde.

49 — Femme couchée. Miniature dans le genre de Charlier.

50 — Boîte à double fond en ivoire, avec miniature
(Sujet Boucher).

51 — Boîte en malachite, ornée d'un fixé (Chasse au cerf).

52 — Boîte en écaille, avec sujet (la Mère de famille).

53 — Autre Boîte avec sujet (la Peinture).

54 — Boîte ornée d'une miniature (Portrait de jeune femme).

55 — Diptyque en ivoire (le Christ, la Vierge et des Anges).

56 — Plaque de baiser de paix en ivoire (Christ entre la Vierge et saint Jean).

57 — Un Peigne orné de sept camées en corail.

58 — Une Montre octogonale en cuivre repercé à jour et cristal taillé.

59 — Deux Candélabres en bronze doré, à sept lumières supportées par des faunes.

60 — Deux Cassolettes-Flambeaux Louis XVI, ovoïdes, marbre blanc et monture à trépied, bronze ciselé et doré.

61 — Trois Salières en argent, époque Louis XV.

62 — Une Salière en argent, époque Louis XV.

63 — Très-petite Montre Louis XVI en or ciselé (Trophée de musique).

64 — Petit Médaillon, émail sur or et entourage de demi-perles.

65 — Jolie Miniature (Portrait de femme Louis XVI), cercle en or.

66 — Miniature (jeune Femme), époque Louis XV.

67 — Miniature (jeune Femme), époque Louis XV.

68 — Miniature (Portrait d'homme en habit rouge), cadre à fleurs et rubans, bronze doré.

69 — Eventail Louis XV, sujet Watteau sur ivoire.

70 — Deux Cadres ovales en bronze doré.

71 — Deux petits Cadres carrés en bronze, modèle Louis XIV.

72 — Un petit Cadre ovale en ivoire.

73 — Deux Cadres ovales en bois sculpté.

74 — Un Cadre Louis XIV.

75 — Un Cadre Louis XIV.

76 — Socle Louis XVI, marbre blanc et bronze.

77 — Une Mouchette Louis XIV.

78 — Montre de voyage en argent.

79 — Montre Louis XIV en cuivre gravé et doré.

80 — Montre Louis XV en argent.

81 — Montre Louis XV en argent.

82 — Montre en argent, à figures automatiques sur le cadran.

83 — Montre de Genève, avec émail et entourages de jargons.

84 — Petit Bureau de dame en bois rose, époque Louis XVI.

85 — Petite Commmode Louis XVI en bois rose; dessus en marbre.

86 — Un Service à thé en argent anglais ciselé, avec figures et sujets divers en ronde-bosse, composé de : une Fontaine à thé avec son Réchaud, une Théière, une grande Cafetière, un Sucrier, un Pot à crème. Le tout pesant 8,200 grammes.

87 — Console cintrée en bois sculpté et doré, élégant modèle de style Louis XVI; dessus en marbre.

88 — Petite Console, formant jardinière, en bois sculpté et doré, à un seul pied.

89 — Petit Fauteuil en bois sculpté et doré, recouvert en damas à fleurs, époque Louis XVI.

90 — Jardinière en thuya.

91 — Lustre en bronze.

92 — Paire d'Appliques.

93 — Grande Pendule en bronze doré, ornée de figurines d'enfants, d'oiseaux et de guirlandes de fleurs. Cadran au nom de Julien Le Roy.

94 — Table Louis XIV, à quatre faces, en bois sculpté et doré.

95 — Fauteuil Louis XVI, à dossier ovale, en bois sculpté et doré, garni en soie brochée à fleurs.

96 — Canapé recouvert en étoffe de soie brochée, à figures et ornements en blanc sur fond cerise.

97 — Argenterie. Salières Louis XVI, Bouts-de-Table, etc.

98 — Tasses en Wedgwood.

99 — Tapisseries.

TABLEAUX

100 — **Lambinet** (E.). Bords de rivière.

101 — **Leickert** (Ch.). Patineurs.

102 — **Lepoitevin** (E.). Marine.

103 — **Cicéri** (E.). Paysage.

104 — **École italienne.** Saint Michel. Peinture sur cuivre.

105 — **Sisley.** Le Verger.

106 — **Pissaro.** Route sur la colline.

107 — **Withoos** (Mathieu), 1696. Chardons, Fleurs, Oiseaux, Insectes, etc.

108 — **Watteau** (Attribué à). L'Indiscret (Esquisse).

109 — **Bronner** (Xavier). Volubilis et Mûres.

110 — **Noël.** Port de mer (Gouache).

111 — **Heyden** (École de Van der). Hôtellerie aux bords d'un canal de Hollande.

112 — **Budelot** (Ph.). Intérieur de forêt.

113 — **Albane** (D'après). Toilette de Vénus.

114 — **Id.** Vénus et Adonis.

115 — **Raoux** (Attribué à). La bonne Aventure.

116 — **M. D. V. W.**, 1845. Habitation hollandaise.

117 — **Salvator Rosa** (Attribué à). Marine (Tempête).

118 — **Id.** Le Pendant.

119 — **Largillière** (École de). Portrait de la duchesse du Maine.

120 — **École française.** Portrait du Régent.

121 — **École moderne.** Le Réveil.

122 — **Id.** Vierge et Enfant, d'après Sasso-Ferrato.

123 — **Id.** Repas des moissonneurs.

124 — **Id.** Scène enfantine.

125 — **Id.** Charles IX et Catherine de Médicis.

126 — **Schutz.** Paysage.

127 — **Senave.** Le Forgeron.

128 — **Inconnu.** Gouache. Cadre en bois sculpté.

129 — **Jordaens.** Bacchus.

DESSINS

130 — **Moucheron (J.).** Paysage avec figures (Belle aquarelle).

131 — **Cochin (C.-N.).** Portrait d'un abbé (Dessin).

132 — **Larue.** Groupe d'enfants (Sépia).

133 — **Jeaurat.** Portrait d'enfant (Crayon).

134 — **Witt (J. de).** Petits Forgerons (Sépia).

135 — **Loo (Van).** Figure de femme (Sanguine).

136 — **Troy (De).** Sanguine.

137 — **Diétrich.** Tête de rabbin (Plume).

138 — **Netscher.** Portrait de jeune fille.

139 — **Ricci.** Évangéliste (Esquisse peinte).

140 — Deux Gravures, d'après H. Vernet.

Vᵉˢ RENOU, MAULDE et COCK, imprᵉ de la Compagnie des Commissaires-Priseurs, rue de Rivoli, 144.   82277